特別 JUMP j BOOKS 25th 企画

許斐剛の天衣無縫の人生相談

～人生って楽しいじゃん～

目次

※本書はJUMP j BOOKS 25周年企画のウェブコンテンツ『許斐剛の天衣無縫の人生相談〜人生って楽しいじゃん〜』に掲載されたものに新規採用のお悩みを加え、構成したものです。

ゲスト相談

特別企画&お知らせ

はじめに

『テニスの王子様』『新テニスの王子様』を代表作に持つ
許斐剛《このみたけし》先生による初の〝人生相談本〟!

漫画家のみならず、アーティストとしての顔も持ち、
「ハッピーメディアクリエイター」として、
日々八面六臂《はちめんろっぴ》の活動を繰り広げる許斐先生。

そんな許斐先生が選んだ新たなフィールド…。
それは読者の悩みを解決する、人生相談。
ファンをとても大事にすることでも知られる許斐先生が

皆さんのお悩み――恋人のこと、家族のこと、友人のこと、
そして自分自身のことなど、
快刀乱麻《かいとうらんま》を断つがごとくズバッと解決！

厳しい現代社会を生きるあなたの背中を押してくれるような、
許斐先生ならではの処世術や言葉がギュっと詰まった
「許斐剛の天衣無縫の人生相談」。
それでは、本書の中でも印象的な許斐先生のこちらのお言葉でスタートです。

「夢って届かないことはない！」

新テ
JUMP COMICS SQ.
新テニスの王子様
23
許斐 剛
TAKESHI KONOMI

新テニスの王子様
THE PRINCE OF TENNIS
23.5
パーフェクトファンブック
許斐 剛
TAKESHI KONOMI
JUMP COMICS
SQ.

特別 JUMP j BOOKS 25th 企画

許斐剛の
天衣無縫の
人生相談

〜人生って楽しいじゃん〜

第1章

恋愛・家族・友達関係のお悩み

動く許斐《このみ》先生のパラパラ漫画

このページをスタートにして、高速で捲《めく》ってみよう。躍動する許斐先生が見られるよ！

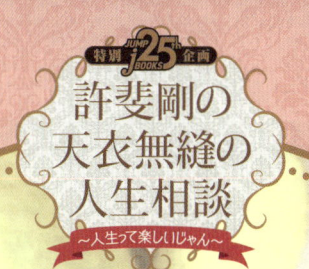

01 両親に初任給で恩返しをしたいのですが…

アメリンコ(18〜22歳)

私は2018年で専門学校を卒業し新社会人になります。初任給で、今まで20年間育ててくれた両親に何か恩返しをしたいのですがプレゼントがいいのか旅行など思い出に残る何かが良いのかで凄く迷っております。人生で1度しかない事なので思い出に残る事をしたいです。

許斐先生からの回答

ご両親は、何でも喜んでくれますよ。しかも初任給というタイミング。何か物をあげるのは形として残るのでいいですよね。でも**思い出をプレゼントする**というのもいいものですよ。私の場合は、最初の印税をもらった時に両親に北海道《ほっかいどう》旅行をプレゼントしました。まずはリムジンで出迎えて、寝台特急で北海道まで移動。そして観光名所を一通り巡って高級ホテルに宿泊というプランの旅行でした。旅行なら、先々でのサプライズも効果的ですね。「お父さんとお母さん2人で行ってきて」とチケットを渡して、現地でお迎えをするとか。また、旅行って楽しかった思い出よりも、失敗した思い出の方が記憶に残りますよね。土砂降りの中で釣りをして1匹も釣れなかったとか、びちゃびちゃになって大変だったとか、そういう「失敗した」っていう思い出の方が、後日、笑い話になってずっと覚えているものです。だから、旅行で失敗してください。道を間違えてとんでもないところに行ったり、入ったお店が美味しくなかったり。それがアメリンコさんにとってかけがえのない思い出になりますから！

天衣無縫
格言

物も思い出もインパクトを残せ！

02 この度、初めて妊娠して子どもを産むのですが…

ボブ(25〜30歳)

この度、初めて妊娠して子どもを産むのですが名前が全く決まりません！
いくつか候補を出して、絞るために字画などを参考にしますが結局グダグダに…。
先生はたくさん名前を付けられていますが、どのように考えられていますか？

許斐先生からの回答

出産、おめでとうございます。そうですね、私は漫画の中でたくさんのキャラクターに名前を付けてきました。実際のお子さんと漫画のキャラクターは違いますが、私はキャラクターの顔、全体のイメージや雰囲気、声に出した時の響き、字面の見た目等を考えています。

ちなみに、『テニスの王子様』の越前《えちぜん》リョーマの名前はすぐに決まりましたね。リョーマはもともと敵として出る予定で、当初の主人公は今、四天宝寺中《してんほうじちゅう》にいる遠山金太郎《とおやまきんたろう》でした。時代劇から連想して、北町奉行の遠山の金さんに対抗するのは南町奉行の大岡《おおおか》越前なので、そこから〝越前〟を取って〝越前リョーマ〟と命名したんです。

フランス人が名前を付ける際には、〝響き〟を重視するところがあると聞いたことがあります。だから〝響き〟に着目して名前を付けてみるのも良いと思いますよ。

ただ、**一度付けた名前は簡単には変えられない**ので**名前は子供にとっては〝一生もの〟**です。しかし、親が真剣に向き合って考えてくれたならば絶対気に入ってくれますよ。

天衣無縫
格言

名前も格言も真剣勝負!!

03 家に帰ると毎日のように母が仕事先の愚痴を言います…

海莉（15〜18歳）

家に帰ると毎日のように母が仕事先の愚痴を言います。
いつも似たようなことしか言わないので聞き飽きました。
どうしたら愚痴を聞くことから逃れられますか？

許斐先生からの回答

食事の時やテレビを見ている時に、お母さんが愚痴を言ってくるのでしょうか？　切実な悩みですね。

でも、お母さんが毎日愚痴を言わなければならないほど働いているのは、大切な海莉さんのためだと思いますよ。だから、今はお母さんの愚痴を聞かないようにするのではなくて、逆に**その愚痴を聞いてあげてお母さんの心の負担を減らしてあげる**のが、ある意味〝親孝行〟になるのではないでしょうか。

そしてお母さんの愚痴をしっかり聞いてあげた上で、「大変だね。私たちのためにいつも働いてくれてありがとう」と感謝の言葉をかけてあげてみましょう。そうしたら、おのずとお母さんの愚痴も減っていくかもしれません。う〜ん、普通の回答になってしまったかな（笑）。

天衣無縫
格言

愚痴ってくれてありがとう

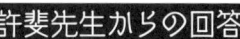

04 今付き合っている彼がいます。私は彼のことが…

みかん（22〜25歳）

今付き合っている彼がいます。私は彼のことが大好きです。でも私の母が彼のことを嫌っています。好きになってくれるだろうと思ってもう2年経ちそうです。誰にどう言われようが彼と離れる気はありませんが、大好きな母に、大好きな人のことを悪く言われてしまうのはとても悲しいです。彼の話は一切できません。母に彼のことを好きになってもらいたいです。ずっとこの状況なのかと思うと辛いです。許斐先生ならこのような状況のとき、どうされますか？

天衣無縫
格言

気持ちも距離も縮めよう!!

許斐先生からの回答

親御さんにとっては、手塩にかけて育てた娘にどこの馬の骨かも分からない男が近付いてきたら、こういう状況になる時期は必ずあります。でもきっと時間が解決してくれます。…この答えだとみかんさんの意に添わないか（笑）。

こういう状況でもお母さんのことが好きで、相手の男性のことも好き。その気持ちに変わりはないんですよね。**みかんさんの〝芯〟はしっかり通っているようなので、みかんさんが根気強く2人の溝を埋めていくことだと思います。**気をつけたいのは、人は面と向かって会わないと、あることないこと考え始めて、悪い方にしか考えないことですね。だから、お母さんと彼氏さんが一緒になる場を設けることは絶対に必要です。食事の場でも、会話をするだけの場でも良いです。そうすれば、だんだん家族みたいな気持ち・関係になっていきますよ。少しずつ努力して会う場を設けてください。今のように何もしないままでは状況は変わりません。その真摯《しんし》な想いをお母さんに伝えていけば、少しずつ改善していくと思いますよ。ファイト!!

ずっとゴーヤが苦手でよ…

平古場《ひらこば》凛《りん》【比嘉《ひが》】

わん（俺）、ずっとゴーヤが苦手だったからよ、部活でも部長に弱点として「ゴーヤ食わすよ」って言われてきたんばーよ。やしが（しかし）最近ゴーヤ食べてみたらあんまし苦手じゃないあらに？　…むしろまーさん（美味しい）やっし！　って思ったんだけど、部長には言えないでいるわけよ。正直に言うべきかこのままゴーヤを苦手な振りを続けるべきかどうしたらいいかやー？

許斐先生からの回答

そうだったんだ♪

ゴーヤチャンプルーでも天ぷらでも下処理さえしっかりすれば苦すぎないし凄く美味しいですよね。そして身体にも良い。

でも部長に弱みとしてゴーヤが苦手と認識されているなら、正直に言いたくはない気持ちも分かりますが、キチンと話してみるべきだと思います。

自分に嘘をついているという罪悪感も無くなりますし、何より次の苦手を部長がまた見つけてハブのようにしつこく攻めて来る筈なので、また苦手なものを克服出来るチャンスだと捉えてみて下さい!!

はいでぇ〜!! 比嘉中♪

天衣無縫 格言

嫌いなもの程好きになる!

05 妹のスマホアプリや動画の音が…

スゴロク(25〜30歳)

私は妹のスマホアプリや動画の音が大きいことに困っています。
たまにテレビが聞こえにくくなるような音を出します。
「音が大きい」「自分の部屋で」と私や家族が言っても生返事ばかり。
時には反論してきます。
こちらが大きめの音を出すと迷惑そうな顔をするときもあるのです。
どのように注意したら聞いてくれるのでしょうか?

許斐先生からの回答

困った妹さんですね(笑)。でも、「自分の部屋でと言っても生返事ばかりや反論してくる」ってことは、考えようによっては、**1人でスマホアプリをいじっているようで、実は家族と一緒に近くにいたいのかもしれませんね。**そう考えると、可愛いじゃないですか(笑)。そう思って、大目に見てあげましょうよ。しばらくすれば、彼女のスマホブームも去ると思いますよ(笑)。

天衣無縫
格言

怒りのボリュームはふさめに

06 家族から結婚を促されていて…

るいぴ（22〜25歳）

突然ですが家族から結婚を促されていて悩んでいます。私の家は分家とはいえ地方で古く続いている家の為、祖父母は「この家紋を受け継いで欲しい」と言い、両親は「この土地に残って欲しい」と言っていて、婿養子を迎える事が1番みたいですが、やはり田舎で婿養子を迎えるとなると難しいです。結婚はやはり夢ですが、こんな私が結婚できるのか歳を重ねるにつれ不安になってきました。先生、私はどうすればいいのでしょうか。

許斐先生からの回答

結婚は、他人に言われてするものではないです。それこそ、るいぴさんが好きではない男性と無理矢理結婚して家紋を受け継ぐ必要もないし、お家のため、家紋のために結婚する・生きていくっていうのは、このご時世にはそぐわないと思います。

るいぴさんの**好きなことを優先してください、自分の人生なんですから。**そうしていたら、きっと素敵な男性に巡り逢えると思いますよ。

天衣無縫
格言

一度きりの人生
自分なりの道を

無駄に男前過ぎて…

佐伯《さえき》虎次郎《こじろう》【六角《ろっかく》】

無駄に男前過ぎて女子にモテるんですがどうしたら良いですか？

許斐先生からの回答

……こ、困りましたね（笑）。

そもそも佐伯さんは女子にモテたいんですか？　それとも女子にキャーキャー言われて困っているんですか？

モテるという事はその人に何らかの特別な魅力や付加価値があるので素敵な事だと思います！

しかし、男前に『無駄』は無いと思います!!　どこまでも男前を突き詰めないと、逆に突然ズボンが破れた時とか格好つけて颯爽と歩いていたら滑って転んでしまった際には、男前なのに格好悪いと評価の振り幅も大きくなるので大変になってきます。

それに世界にはイケメン過ぎて国外追放されかけた男前なテニスプレイヤーもいるので、まだまだ今の現状に甘んじる事なく世界を獲れる程の男前になって下さいね♪

天衣無縫 格言

男前に無駄などない!!

07 私は反抗期で…

ずっきん(18〜22歳)

私は反抗期で7~8年父とまともな会話をしていません。昔はとても仲が良かったのに最近は短気なところや何もしてくれない姿を見ると嫌になってしまいます。本当は仲良くしたいと思っていますがすぐに喧嘩をしてしまい上手くいきません。仲良くなるきっかけを作るにはどうしたら良いと思いますか?

許斐先生からの回答

7〜8年か、根深くて切実ですね。ずっきんさんの年齢から考えると、小学生ぐらいの頃からお父さんと会話をしていないということですか？ 人間って歳を取ってくると短気になったり頑固になったりするのは、脳の構造上、仕方のないことだと言われています。だから、今のずっきんさんは20歳の〝大人〟に近い年齢なわけですし、お父さんに何かをしてもらうのではなく、お父さんに何かをしてあげるくらいの**〝大人〟な気持ちで接しましょう**。そうすれば、喧嘩をしてしまうということもおのずとなくなっていくと思います。そもそも喧嘩は、2人以上の人間がいるから起こるわけで、1人だったら喧嘩にならないんですよね。ずっきんさんがお父さんに対して多少のことは見逃してあげるくらいの〝大人〟の度量を持つ。これが、人が〝大人〟になるってことだと思いますよ。

天衣無縫
格言

心の年齢を積み重ねることが大事

08

私の母は仕事で多忙なのですが…

ゴリラ(10〜15歳)

私の母は仕事で多忙なのですが、そのため体調が悪い時でもほとんど休まず、病院にも行きません。母の負担が少しでも軽くなるように家事などを少しだけ手伝っていますが、いつか倒れてしまわないか心配です。

頑張りすぎている母を休ませてあげたいのですが、どうしたらいいのでしょうか。

許斐先生からの回答

最初に思ったのは、お母さんが1日家事を一切しなくてもいいように、食事や洗濯、食器洗い等をしてあげるのがいいってこと。だけど、お母さんは子供たちのためにという一心で倒れずに頑張れていると思うんですね。だから、その気持ちに応えてあげることを心がけていきましょう。

ゴリラさんは今学生だと思うので、勉強やスポーツで一生懸命頑張って、良い成績をあげてお母さんを喜ばせてあげる。親御さんにとって、**子供たちの頑張りこそ、元気の源、生き甲斐だと思います**。そして、たまにで良いので、お母さんに「いつもありがとう」って口に出して言ってあげましょう。そして幸せな姿を見せてあげることです。

天衣無縫
格言

笑顔でいることが最大の親孝行

09 最近お父さんが再婚することになり…

ゆいき(10〜15歳)

私は中学生です。最近お父さんが再婚することになり、新しいお母さんと妹が出来るのですが、私は人見知りで友達をつくるのも苦手なので、親しくない人に話しかけるのが苦手で、なかなか仲良くなれません。本当はお父さんを取られちゃうみたいで、再婚して欲しくなかったのですが、反対とは言えませんでした。でも一緒に暮らす以上は気を遣うよりちゃんと仲良くしたいです。向こうも沢山話しかけてくれるのですが、なかなかうまく会話が続きません。お父さんが仕事の間ずっと一人でいたので、家に誰かがいるのに違和感をもってしまいます。もうすぐ赤ちゃんが生まれるので、それまでにちゃんと自分の気持ちを伝えられる様になって、仲良くなりたいのですが、なかなか自分から話しかけられず勇気が出ません。どうしたらちゃんと話せる様になりますか？

許斐先生からの回答

　うーん、大変ですね。でも、これだけは覚えておいてください。お父さんはこれからもずっとゆいきさんのお父さんです。だから「取られちゃう」「離れちゃう」なんて心配しなくて全然大丈夫ですよ！　人見知りの性格がどうということではなく、ゆいきさんと再婚相手の新しいお母さんが互いに気を遣ってしまうのは、最初は仕方のないことです。**焦らず無理をせず、少しずつコミュニケーションをとっていけば時間が解決してくれます**。それに赤ちゃんが生まれたら、赤ちゃんを介してのコミュニケーションが必ず生まれるので、赤ちゃんがゆいきさんと新しいお母さんの架け橋になってくれますよ。
　送っていただいた文章からも、ゆいきさんの優しい性格が垣間見えるので、最初から一気に距離を縮めるのではなく、生活する中で互いに少しずつ時間をかけて信頼関係を構築していけば、素敵な家族になれますよ。

天衣無縫
格言

ベイビートークで素敵な家族に

10 三つ上の男の人を好きになってしまいました…

納屋（18〜22歳）

わたしはいまアルバイトをしているのですが、そのアルバイト先の三つ上の男の人を好きになってしまいました。何度か食事やお出かけにも誘おうとしたのですが、予定が合わなかったり断られたり、上手くいかないいまま時間が過ぎてしまっています。上手くいくためになにかやるべきことや、こうした方がいい、などのアドバイスがあれば是非教えて欲しいです。

許斐先生からの回答

食事やお出かけに誘う前に、まずは、**相手のことをよく観察して、その人がどんな人なのかを知ることが大切だと思います。**例えば付き合っている人はいるのか、どんな人が好みなのか、などですね。そういうことを調べてから、相手の迷惑になっていないことが前提で、食事に誘うなどの行動に移すべきだと思いますね。

もしかしたら、状況からするとなかなか難しい関係性なのかもしれませんが、相手も人なので、ずっとアタックをし続けていれば、相手の心に少しずつ情が湧いてくるはずです。諦めずに、頑張ってみてください。応援しています。

天衣無縫格言

インサイトを駆使しろ！

許斐先生の バックステージに潜入 ～撮影の合間編～

用意した衣裳は数十着…これ全部許斐先生の私服!!

原稿執筆終わりでお疲れの中メイクさんとお肌チェック!!

スタッフとの談笑中をパシャ!!

長丁場の撮影の必需品!? スタッフを気遣って許斐先生からのバラエティ豊かな差し入れ

和食の極み！　お昼ご飯

食後のデザートは季節のフルーツ!!

スイーツのチョイスも抜群!!

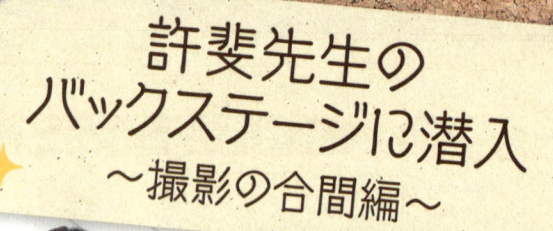

特別 JUMP j BOOKS 25th 企画

許斐剛の天衣無縫の人生相談

〜人生って楽しいじゃん〜

第2章

自分のことのお悩み

vol.1

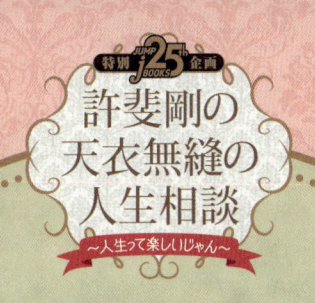

11 最近眠りが浅く…

浦安のT（30～35歳）

最近眠りが浅く、すぐに目が覚め、連続で寝られても最大3時間ぐらいです。10キロ以上ランニングして、疲れているはずなのに寝られない時もあります。許斐先生は、寝られない時はありますか？　そういう時はどうしていますか？

天衣無縫
格言

20キロ許斐先生と走ろう!

許斐先生からの回答

私もすごくありますね。**3時間くらい寝られれば全然いいんじゃないですか**。

人の眠りの周期ってまちまちですから。浦安のTさんは寝る前にスマホとかを見ていませんか? 寝る前にスマホとかを見てしまうと脳が活性化するようなので、寝る前はそういう画面を見ない方がいいみたいですよ。

あと、興味のないことをしていると、人はどうしても眠くなるので、苦手なことをしたり、つまらないテレビ番組を見たり興味のない本を読んだりするといいと思います。さらに言うと「10キロ以上ランニングして疲れているはず」とおっしゃっていますが、本当はまだ疲れていないんじゃないかと思いますね。

ということで、もう10キロ私も一緒に付き合いますので、合計20キロ私と走りましょう(笑)!

12 欲求を我慢する方法はありますか？

リョーマ愛してる（22〜25歳）

お酒が好きで、いつも飲み始めたら満足するまで飲み続けてしまいます。将来の為にも今から抑えていきたいのですが、欲求を我慢する良い方法はありますか？

許斐先生からの回答

我慢しなくていいんです。

体の不調や依存とかがあるなら病院に行った方がいいと思いますが、我慢すると反動でもっと飲みたくなったりしていいことがないです。特に健康面で不安がなくても、この先どうしても抑えたいという気持ちがあるなら飲むお酒の種類を変えるとか、飲む回数を減らすとか自分に合う方法で付き合い方を考えるといいと思います。

でも、**我慢することはストレスになってしまうので無理して我慢しなきゃ！　と考えることはやめた方がいいと思いますよ。**あれ、なんか普通の人生相談になっちゃいましたね（笑）。

天衣無縫
格言

飲むなら命を賭けろ!!

テニスの試合を一撃で…

デューク渡邊《わたなべ》

チームメイトが「テニスに逆転ホームランは無え！」と言っていたのですが、私は「デュークホームラン」という一撃必殺のパワーショットを持っており、その一球で試合が決まってしまう事が多々あるので、テニスにも「逆転ホームラン」はあるような気がしています。

テニスの試合を一撃で決めてしまってはダメでしょうか？

それからもう一つ良いですかな？

フランス代表主将のカミュに、凄く爽やかで酸味と甘味のバランスが良く美味しいと薦《すす》められた、ガルヴァニーナ湧水に炭酸を加えた柑橘《かんきつ》系のイタリアンソーダを合宿所に取り寄せて飲んだのですが、私には薄過ぎて美味しく感じませんでした。

日本に来てはや2年、味覚が変わったのでしょうか？

許斐先生からの回答

「デュークホームラン」は危険なので、テニプリの中だけにしておきましょう（笑）。得意の優しい小技の「デュークバント」の方を使って下さいね♪

それと、デュークくんが言っているイタリアンソーダは私も飲んだことがありますが、とても爽やかで決して薄くなかったですよ。おかしいですね～…。

天衣無縫

格言

ホームランで葬《ほうむ》らん

13 運動不足なのですが…

跡部の泣きぼくろ(30〜35歳)

運動不足で今年こそは継続して体を動かしたいと考えているのですが、どんな運動がオススメですか？　とても飽き性でお金もない私に合うメニュー&継続法も併せて教えていただけたら嬉しいです！

許斐先生からの回答

私はサーキットトレーニングをおススメします。

ジリアン・マイケルズさんというトレーナーのDVDを見て実践しています。もう10年間ぐらい続けていますよ。内容は、有酸素運動を3分、筋トレを3分、腹筋を1分、これを休憩なしで3セット行う。だから約20分間。1時間トレーニングをするとなると大変だけど、これは約20分間なので全然辛くないし、効果は必ず訪れます。確実に体はシュッと引き締まるし、体重も落ちます。そして確実に続けられます！ マットと5キログラムの鉄アレイが2つ必要ですが、自宅で空いた時間にできますから。

私は、イベントに出演する2～3日前から1日に1回行っていて、やる度にめきめき効果が出るのでオススメですよ。私も最近運動不足なので、ぜひ一緒にやりましょう！

天衣無縫格言

ジリアンを信じろ!!

14 自分の声量について悩みがあります

ありんりんは白石が大好き。(18〜22歳)

自分の声量について悩みがあります。仕事中のお話なのですが大きな声を出さないといけない場面でどれだけ自分が大きな声を出しても小さい聞こえないと言われてしまいます。今日は大きい声が出てるな、調子いいほうかもと思ってもあまり聞こえないと言われます。

大きな声を出せていない=頑張っていないという認識になるみたいで叱られました。

どうにかして声量をあげる方法はないですか、真剣に悩んでいます。

許斐先生からの回答

どちらかと言うと騒がしい職場なんでしょうかね。ただ、頑張っているのに「頑張っていない」と周りに認識されて、あげく叱られるような職場なら、いっそ転職を考えてみても良いと思いますよ。職業だけでなく、職場にも〝合う合わない〟があると思いますしね。

おそらく、ありんりんは白石が大好き。さんは、落ち着いた声・声量が魅力なんだと思います。ならば、その魅力的な声を活かせる職場を探してみるのはいかがですか？落ち着いた雰囲気のカフェや飲食店等、そういう所はいっぱいあると思います。声量をあげるための方法を真剣に悩み、解決策を探すのなら、それと同じように、**魅力的な声に合う職場を探す**というのも一つの選択肢だと思いますね。

白石《しらいし》くんも応援してますよ、頑張って！

天衣無縫 格言

大声出したもん勝ちや～!!

15 盛り上げなくちゃと気負ってしまい…

みさ(25〜30歳)

人と話す時に、場を盛り上げなくちゃと気負ってしまって、言わなくていいことまで言ってしまった気がしてあとから後悔することが多々あります。自分の言動に日々気をつけなくてはと思うのですが、うまくいきません。先生のお話は一つ一つ言葉を選んでいらっしゃるように感じて、素晴らしいなといつも思うのですが、気をつけていることはありますか？

許斐先生からの回答

これを話したらどういう反応をするのか、ギャグを言ったらどれだけ盛り上がりそうなのか、そういうことを考えながら話すと良いと思います。口にする前に自分の中で咀嚼《そしゃく》する時間を設けるってことです。私は特にこれを意識しているのですが、このおかげで会話での失敗は少ない方だと思います。ただし欠点として、会話している最中に、**独特の〝間〟ができてしまいますけどね（笑）**。

天衣無縫
格言

独特の間をもって話すべし

16 足が臭くて…

みみみ（22～25歳）

足が臭くて友達の前で靴やブーツが脱げません。まめに靴下を履き替えても改善しなくて困っています。どうにかなりませんか？

許斐先生からの回答

女性はブーツを履く機会が多いので、女性ならではの悩みなんでしょうね。まずは、ちょっと恥ずかしいかもしれませんが、病院の専門家に相談するのがベストだと思います。

　が、私からアドバイスするなら、臭いには靴下の素材も関係があるようです。オススメは綿素材の靴下ですが、靴下の素材を色々と替えてみると良いと思います。もしかしたら、**素敵な匂いのする靴下が見つかるかもしれませんしね。**

天衣無縫
格言

恥ずかしがらずにお医者さんに

ドイツのアカデミーから話があり…

手塚《てづか》国光《くにみつ》【青春学園《せいしゅんがくえん》】

中学3年の11月に、卒業を待たずしてプロのテニスプレイヤーになるためにドイツへ渡りました。日常会話をドイツ語で話せるようになり、尊敬できるプロの指導も受け、充実した日々を過ごすことができているのですが、先日ドイツのアカデミーから現地の学校に編入しないかとの話がありました。

プロになった後もテニスと平行して学業に励むことができる環境ということで自分にとって申し分ない提案なのですが、今ドイツの学校に編入するべきか悩んでいます。

天衣無縫
格言

歩み続ける人ほど振り返れ!!

許斐先生からの回答

プロになるために世界の強豪国にあえて単身退路を断って乗り込んだこと、並々ならぬ決意だったと思います。

テニスに関しての方向性は道筋が見えているけれど、日本で3年間戦ってきた仲間に何も言えずに去ってきたことが気になっているんだね。

みんなに伝えたいことを伝えきれていないのであれば、卒業式の1日だけ日本に戻って青学《せいがく》の生徒として卒業し、それからドイツの学校に通っても良いんじゃないかな。

後で後悔するくらいなら、振り返る事も進み続ける事以上に大事だよ。

17 声が低いことがコンプレックスです

りつか（15〜18歳）

女子なのに声が低いことがコンプレックスです。幼少期に、友達とのビデオを観ていると低い声が入っていて、誰かなと思ったら、自分自身でした。自分の声が低いというショックから、自分が映ったビデオを観るのをやめました。また、「声が低いね」と言われてしまう恐怖から、人と目を合わせて話したり、人の前に出ることに臆病になったりしています。ですが、本当は輝けるような人になりたいという願望もあります。どうすればいいでしょうか？

許斐先生からの回答

「女子なのに声が低い」、思春期のりつかさんにとってはコンプレックスと感じているのかもしれませんね。私が思うに、声が低いことはりつかさんが思っているほど、マイナスなことではありません。逆に、声の低い女性の方がカッコいいと思いますよ。**声が低いことを〝コンプレックス〟と捉えず、〝個性〟と捉えてみましょう。**例えば、女性の声優さんや女優さんといった職業では、低い声は希少ですし、その声が求められている役柄、場所はたくさんあります。だから、その声こそ輝ける最大の武器だと思って自信を持ってください！　また、低い声、一般的な女性のトーンの声にかかわらず、自信を持ってハキハキと話す人と、自信なげに話す人とでは、受け取る人のイメージは全然違います。自信を持って話している人の声だったら、相手に不快な印象を与えることは全然ないと思いますよ。

りつかさんが将来、声優さんや女優さんになって、いつか『テニスの王女様《おうじょさま》』をやる時には、ぜひともオファーしたいですね（笑）。

天衣無縫格言

コンプレックスは最大の武器！

監督と部員との距離が遠いように思えて…

榊《さかき》太《た》郎《ろう》監督【氷《ひょう》帝《てい》学《がく》園《えん》】

許斐先生こんばんは。

私は私立中学のテニス部の監督をしているのですが、全国大会等で様々な学校を見て来ましたが、うちのチームは部長を筆頭に良くも悪くもそれぞれ各々の個性を出した素晴らしいチームなんですが…。

監督と部員との距離が遠いように思えて…。改善方法をご教授いただけましたら嬉しく思います!!

許斐先生からの回答

それが榊くんの良いところだよ♪

その距離感で個性派中学生に刺激を与えて素晴らしいチームに仕上げたからこそ全国区なんだと思います!!

自信を持って今のままのスタイルで生徒達を更なる高みへ導いてあげて下さい。

でも…。

たまにはスーツじゃなくてジャージを着てみたら?

行ってよし(笑)。

天衣無縫格言

スーツはつらいよ

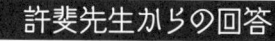

許斐先生のバックステージに潜入
～愛猫編～

回答に登場させるぐらい大好きなたまごちゃん

「私は猫を2匹飼っていますが、そのうちの1匹のたまごちゃんは、玄関を開ける『カチャ』というかすかな音でも必ずニャーニャー言いながら出迎えに来てくれます。『ニャ～～～』が特に長い。詩吟みたい」（一部抜粋）

アシスタント撮影!!
許斐先生とたまごちゃんのほのぼの戯れ

特別 JUMP j BOOKS 25th 企画

許斐剛の天衣無縫の人生相談

～人生って楽しいじゃん～

第3章

自分のこと のお悩み

vol.2

18 旅行の準備中はテンションが高いのですが…

ヨードラン(22〜25歳)

旅行の準備をしているときは楽しくてテンションが高いのですが、いざ出発すると途端に帰りたくなるのが悩みです。

許斐先生からの回答

確かに旅行の準備をしている時や、計画を立てている時はすごく楽しくて、出発するとあっという間に終わったりしますね。お悩みを読んで思うのは、周到に準備をしすぎたあまり、旅行先の情報を仕入れすぎているのではないでしょうか。最高のロケーション・最高のタイミング・最高の食事…そういったまるで映画のような光景を勝手に想像してしまっているのでは？　言うならば、期待値だけが上がっている状態。もしそれに心当たりがあるのなら、まずはガイドブックを一切見ず、情報を一切入れない。行き先すら誰かに決めてもらって、当日まで行き先も分からない旅をしてみると新しい発見があっていいと思います。私は他人の決めたプランの旅行は好きじゃないですけど、プランのない旅はよくしますよ。車に乗ってから行き先を決める。**「北海道と沖縄、どっち行こうかな」って（笑）**。人生にはそれくらいの行き当たりばったり感も必要です。だから、あまり計画を立てすぎないようにしてください。その方がサプライズだらけになって、その旅行がハッピーになること間違いなし♪

天衣無縫
格言

行き先決めなきゃ全てがサプライズ

19

根気を身につけるには…

飽子(18〜22歳)

根気がなく、細かくて地道な作業をやっているとイライラします。絵を描いたりするのも途中で飽きてしまいます。どうすれば根気が身につきますか?

許斐先生からの回答

根気は身につきません（笑）！

興味のないことをしていると、途中で飽きたりイライラしたり、集中力が続かないのは当然のことです。私も全然興味のないことに対して集中力は続かないです。飽子さんは絵を描くことが好きなのかな？　絵を描くことが好きだと仮定して、「絵」と一言で言っても、種類がたくさんあるので飽子さんはまだ「この絵が描きたい」というものに出会えていないだけかもしれないですよ。純粋に「描きたい」と思えるものを探してみたらいいんじゃないでしょうか。

さきほど根気は身につかない、と言いましたが人はもともとある程度の根気は持っていると思うので、絵を描くこと以外にも自分が夢中になるものに出会えたら、その根気を発揮できて飽きることもなくなりますよ。

天衣無縫
格言

興味があれば根気は自然と発揮される！

20 最近、街中での出来事にイライラしてしまいます…

さくら(22〜25歳)

最近、街中での出来事にすぐイライラしてしまいます。ただ歩いているだけなのにスゴイ勢いでぶつかってくる人や、電車内なのに大声で電話している人、咳をしても口を押さえない人など…注意できる性格でもないので、いつもそういった自分とズレたモラルの人を見ると、心の中でモヤモヤしてしまいます。許斐先生はそういった人と会った時、どう対処していますか？　なにかアドバイスがあれば是非お願いします。

許斐先生からの回答

　モラルが欠如したような人は必ず存在するし、そういう人たちと同じ土俵に立って争っても意味がないと思います。運転マナーの悪い人に出会ったりすると、怒りたくなることもありますが、「トイレに行きたいんだろうな」とか、「何か焦る事情があるんだろうな」と思うようにしています。

　それでもイライラしたり、そういう気持ちを抑えられなかった場合は、**フサフサした物を身に着けることをオススメします**。人間って、フサフサした物やシルクのような肌触りの良い物に触れると心が落ち着くようなので。あと、**「会う人の8割は悪い人だ」と思うことです（笑）**。そうすると、ちょっとしたことで「あれっ？　この人いい人だ」って、すごくいい人に会ったようなお得感を得られるようになりますから。

天衣無縫
格言

会う人の8割は悪人！

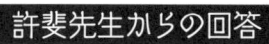

俺達2年生が来年戦って行けるか不安で…

不動峰《ふどうみね》中テニス部一同

俺達2年生部員ずっと唯一の3年生の元部長を慕《した》い一丸となって全国まで戦っていけました。しかし、来年は我々だけで戦って行けるか不安で…。

「新部長の俺は秀でた才能があるわけでもなく、トップスピンがただ好きなだけ…」

「副部長の俺はスピードしか取り柄がないし他校と揉めやすい性格だし…」

「俺は…別に…何見てんの？　…ああ…イヤになるよなぁ…全く…」

「俺の波動球がいまさら通用するのか…」

「俺…前衛にぶつける事に最近は罪悪感が…」

「………俺は印象薄いし」

とにかく元部長に頼りきってきた俺達ですが、安心して卒業してもらいたいのでどうしたら良いでしょうか？

許斐先生からの回答

個性的な皆さんですね（笑）。

大丈夫です！　確かに皆さんは元部長さんをずっと頼って来たのは事実ですが、いなくなってからは何とかしなきゃと言う自立心がもう芽生えているのも事実。

きっと元部長さんは全て分かった上で皆さんに部を任せたんだと思います。

来年度全国大会経験者豊富な皆さんのチームが大会をきっとリードして行く事でしょう!!

天衣無縫
格言

不安こそ未来への第一歩！

21 私のストレス解消法が歌を歌うことなので友達を誘ってカラオケにいくのですが…

もふもふ（18〜22歳）

私のストレス解消法が歌を歌うことなので何人か友達を誘ってカラオケにいくのですが、周りの友達がみんな歌が上手く90点以上を余裕で出してきます。そんな中、私は全国平均という下手でもなく上手くもない「普通」で、ストレス解消のはずが最近はストレスになりつつあります。昔は大きな声でとにかく歌ったり、テンションをあげたりしていたのですが今はただただ歌が上手くなりたいです。

どうしたら歌は上手くなるのでしょうか？

許斐先生からの回答

ストレス解消でカラオケに行っているのに、点数が低いからストレスを感じるって、本末転倒《ほんまつてんとう》ですね。点数を計測する機械を使わない方がいいのではないでしょうか。歌は点数で競っちゃダメですよ。

プロの歌手でも、採点が素人の点数を下回ることはありますし、自分の作った曲を自分が歌えば100点を取れるかって言ったら、そう簡単に取れるわけでもないですしね。

〝点数が高いから歌が上手い〟のではなく、〝**その歌でどれだけ他人の心を揺さぶれるか**〟だと思います。機械では人の心は測れませんよ！

天衣無縫
格言

機械を信用するな！

22 すぐ泣いてしまうのを克服するためには…

もも（18〜22歳）

すぐ泣いてしまうのを克服するためにはどうしたらいいですか？

私はとても泣き虫です。ドラマや漫画を見ていてもすぐに泣いてしまいます。

そして、今まで絶対泣いてしまっていたのが進路相談です！

高校受験・大学受験のために行われる三者面談で泣かなかったことはありません。将来への不安からか、今までの自分の不甲斐なさからか、どうしても泣いてしまうのです。喋ろうとすると泣いてしまい親に怒られ、泣かないように我慢して黙っていると親に怒られてしまいます。

そして今、就職について親と話しているとまた泣いてしまうのです。

許斐先生は泣かないようにする方法、泣きそうになった時に我慢する方法などありますか？

許斐先生からの回答

私はあまり泣くことがないので、良いアドバイスを送れるか不安ですが、ドラマや漫画を見て泣いてしまうのは、ももさんが**感情表現が豊かな人だという証拠だと思うので、素晴らしいこと**だと思いますよ。それに泣くということは、ストレス解消にも繋がるようですから、まったく問題ないと思います。

ただ、問題はももさんが泣いてしまうこの三者面談の場ですね。将来の不安や今までの自分の不甲斐なさから泣いてしまう、とももさんが思っているのなら、その感情を抑えるとか無理に我慢するとかはしないで、大いに泣きましょう。「進路に関して色々不安があります」って気持ちを素直に打ち明けて、すっきりさせてから面談できちんと話しましょう。そうすれば良い方向に進めると思います。そして、これからは泣くだけではなく、努力の汗も流せるようになると、素晴らしい人生が待っていると思いますよ。

天衣無縫
格言

涙よりも努力の汗を流そう

約束をしたが後悔が残っていて…

亜久津仁《あくつじん》【山吹《やまぶき》】

スイス代表のアマデウスに負けたら日本に帰ると平等院《びょうどういん》の野郎と約束をし、試合に挑み負けちまった俺だが、日本代表の決勝リーグの試合が気になって仕方無ぇ。どうしたら良い…。

許斐先生からの回答

平等院くんとの約束は「負けたら日本へ帰れ」だったよね？
だったら飛行機が日本に着いたら、約束は守ったことになるんじゃない？
空港のゲートに足を一歩踏み入れたらそのままオーストラリアへＧＯだよ♪

天衣無縫
格言

覚悟なき約束はするな!!

23 もっと周りを頼っていいんだよと言われます…

ちお（25〜30歳）

私はよく「もっと周りを頼っていいんだよ」と言われます。けれど、周りを頼ると言われても、はっきり言ってどう頼ったらいいのか分かりません。許斐先生は「人に頼る」ことをどう考えていらっしゃいますか？　また、どうしたら人を頼ることができるのでしょうか？

許斐先生からの回答

ちおさんも1人で頑張ってしまうタイプなんですね。私と同じです。人を頼ることは悪いことではないですし、大いに頼っていいと思います。結局、この世の中、1人だけでは何もできないですし、ちおさんが思っている以上に周りの人はちおさんをサポートしてくれていると思いますよ。

食事を例に出しても、野菜を栽培してくれた人・家畜を飼育してくれた人、それらを配送する人、商品として販売する人、そういう人たちがいて初めて、食事ができるわけですからね。人は頼り頼られているわけです。

だから、頼ることは特別なことでもなく、また、特別な気持ちで人に言うものでもないので、**変にかしこまらず、素直に普通の感覚で頼っていいと思います。**

天衣無縫
格言

私は頼られる人になりたいな

許斐 剛
THE PRINCE OF TENNI

まだ誰も通っ
道は、ない

24 すぐに「すみません」と言ってしまいます

わい原（15〜18歳）

私の相談はどんなことにも、すぐに「すみません」と言ってしまうことです。

例えば色々な人に、良いことをしてもらっても、お礼のとき「ありがとう」という言葉を言えず「すみません」と言ってしまいます。この癖で頻繁に「すみません」と発してしまっては、言葉の重さも薄れてしまうし、皆は「こいつは心から謝ってはいないな」と、感じてしまうかもしれません。

どうすればこの後ろ向きな癖を直し、前向きに過ごせるでしょうか。

許斐先生からの回答

すみません禁止令ですね（笑）。何かをしてもらったら「すみません」じゃなくて「ありがとう」と言うように強く意識しましょう。だから怒られた時も「指摘してくださってありがとう」です。わい原さんは、相手の心情が読み取れて気が回る方だと思うので、わい原さん自身が意識すれば必ず「ありがとう」という言葉が素直に言えるはずです。それでもダメな場合は「すみません」と言ったら5分以内に必ず「ありがとう」を10回言わなければならない、といった、自分への戒めを作りましょう。それが軽いと思ったのであれば、その場でスクワット10回とか（笑）。

相手の気持ちを考えると、お礼として「すみません」と言われるのと、「ありがとう」と言われるのは、絶対に後者の方が良いですよね。そうやって相手が明るい気持ちになれば、わい原さんもつられて脳内に幸せホルモンが分泌されます。良いことずくめじゃないですか。これらを実践して変わっていくわい原さんに期待しています。

天衣無縫 格言

すみません禁止令発動じゃ!!

25 目を合わせて話すことが苦手です…

ゆりえ(22〜25歳)

人と目を合わせて話すことが苦手です。目を合わせると、自分の心を見透かされてるような気がして、うまく話すことができなくなります…。どうすれば、緊張せず目を合わせて話すことができるようになるのでしょうか?

許斐先生からの回答

逆に目を合わせないのはどうでしょうか(笑)? 場合によっては目を見すぎると失礼にあたるときもあるので、顎《あご》のあたりを見ていれば大丈夫ですよ。ゆりえさんは女の子なので、目を見て話さないことで恥じらいがある、という風に相手に感じさせるのも手ですね。そうすれば、逆に好印象で可愛らしく映るのではないでしょうか。**無理に目を見なきゃと自分にプレッシャーをかけなくても大丈夫。**スマイル♪スマイル♪

天衣無縫

格言

相手の目を見ずモテ女子に♪

特別 JUMP j BOOKS 25th 企画

許斐剛の天衣無縫の人生相談

～人生って楽しいじゃん～

本書購入者限定企画
許斐先生に直接人生相談ができるディナーにご招待!!!
Invitation
◆場所：都内某所（予定）
◆日時：2018年8月14日（火）
◆人数：当選者5名＋許斐剛先生
※写真はイメージです。
計5名に当たる!!!
食べられない・苦手な食材があればそれも書いて応募しよう!!

応募の決まり

- このプレゼントに応募する方は、郵便はがきの裏面に住所、氏名、電話番号、年齢、性別を記入し、このページに付いている応募券を切り取って貼り、送ってください。
- 当選者は全応募者の中から抽選によって決定します。
- 当選の発表は、イベントの詳細を記載した招待状の発送をもって代えさせていただきます。
- 会場となるお店までの交通費は、当選者の方がご負担ください。
- 20歳未満の方は、保護者の承諾を得てから応募してください。当日はその承諾書をお持ちください。
- 当選の権利の譲渡・売買は、ご家族間、ご友人間であっても禁止します。

あて先

〒101-8050
東京都千代田区一ツ橋2-5-10
「許斐剛の天衣無縫の人生相談～人生って楽しいじゃん～」
購入者限定企画係

締切

2018年7月9日（月）当日消印有効

※応募されたはがきは今後の「許斐剛の天衣無縫の人生相談～人生って楽しいじゃん～」の企画のための参考にさせていただきます。また、応募されたはがきは本企画終了後、速やかに破棄します。

許斐剛の天衣無縫の人生相談
ディナー応募券
コピー不可

特別 JUMP j BOOKS 25th 企画

許斐剛の
天衣無縫の
人生相談

〜人生って楽しいじゃん〜

第4章

学校・進路・就職・職場関係のお悩み

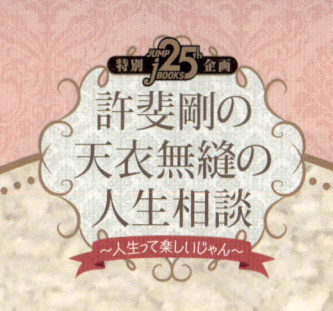

26 企画がなかなか通りません…

ケンタ(30〜35歳)

現在私はゲーム会社に勤めているのですが、企画がなかなか通りません。流行に合わせた作品ではありきたり、奇抜な作品ではヒットするか分からず、どのようにすれば良いか、悩んでいます。先生は毎回読者を驚かすような展開をされていますが、そういった内容を不安に思ったことはないでしょうか。先生が企画やアイデアを考える時に、どんなことを考えているか聞かせていただけると幸いです。

許斐先生からの回答

まず、みんなが驚くようなアイデアの漫画を描いても、私は不安に思ったことはないですね。私が企画やアイデアを考える時には、逆転の発想で〝不可能なこと〟から考えます。「絶対ないよね」と思うようなことをブレインストーミングでいっぱい出して、それを「あり」という形になるように肉付けして、最後に無駄なことをそぎ落とす。そうやって**〝ないもの〟を〝あるもの〟に変えるのが、作家やクリエイターの力**なんじゃないかな、と思っています。

ある程度、流行には合わせないといけないけど、奇抜な作品じゃなかったら、何も目新しいものはないので誰も見てくれない。どんなことでも、パイオニアだからこそ成功できるんです。ケンタさんなりの「絶対このアイデアはない」って案を呼び起こして形にしてみましょう。絶対成功しますよ。

天衣無縫
格言

不可能を可能にしてこそクリエイター

27 大学に進学するのですが…

マグナムからのフラワー（15〜18歳）

大学に進学するのですが、どうやったら友達を作れますか？　許斐先生はまず何をしましたか？

許斐先生からの回答

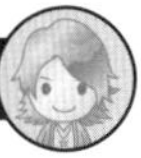

自分からクラスメイト全員に話しかけていく、ですね。私は大学時代、そうやってクラスメイト全員に話しかけました。あとは、どのグループが一番盛り上がっているかを探ってその人たちに話しかけて仲良くなる。そうすると、どんどん交友関係が広がりますよ。

あとは、自分でテニスのサークルを作ってそこに色々な人を勧誘しました。とは言え、初めての人に話しかけるのは勇気がいるし、話しかける行為自体が恥ずかしいって思いますよね。でもよく考えてみてください。みんな、自分と同じ立場なんです。つまりみんなも新しい環境に不安で、友達を欲しがっているんです。そんな人が、周りから話しかけられて「鬱陶《うつとう》しい」と思いますか？ よほど失礼な態度をとらなければそんな風には思いませんよ（笑）。

マグナムからのフラワーさんも、同じ状況で声を掛けられたら嬉しいはずですし、嫌な気持ちにはならないですよね？ こんな時、人は**プラスの感情を抱くことはあっても、マイナスの感情を抱くことはほとんどないと思います**。勇気をもって話しかけましょう！

天衣無縫
格言

相手も必ず待っている！

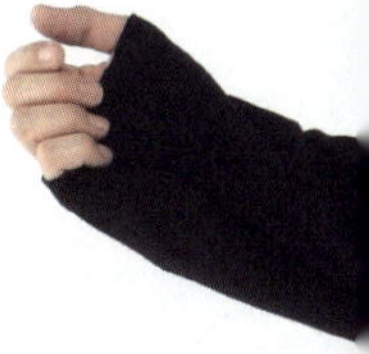

28 私は年上の部下が多く…

ともみ（30〜35歳）

私は年上の部下が多く、どう接するのがベストなのか日々模索しています。
許斐先生は、年上の方へアドバイスする時どんなことを心掛けていますか？

許斐先生からの回答

私も、ともみさんと同じような経験がありますね。私が連載を開始した20代の頃は、年上のアシスタントさんに手伝ってもらうことが多かったんです。そういうアシスタントさんにリテイクをお願いする時は、本当に言いにくかったですし、すごく気を遣いました。でも、そういう関係性でお願いしていると、思っていた絵にならなかったりして、その結果、自分で描かなきゃいけなくて、全て自分に跳ね返ってきたんですよね。

仕事なので年齢等は関係なく、年上だろうと変に意識せずにアドバイスした方が相手の方にも変な遠慮等も生まれずに、良い関係性を築けますよ。

天衣無縫
格言

部下は年上でも職務上は年下

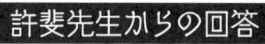

29 何かに一生懸命になることが出来ず…

かにやなぎ（15〜18歳）

私は、何かに一生懸命になることが出来ません。努力している自分を「自分らしくない」と恥ずかしく思ってしまうのです。そして、努力している自分を誰かに見られることも恥ずかしいと思ってしまいます。今年は大学受験なのですが、家族の前ですら努力することが恥ずかしいと思ってしまい、この一年を無駄に過ごしてきてしまいました。どうしたら「努力」に対して前向きに考えることができ、頑張れるようになるのでしょうか？

許斐先生からの回答

勉強している姿を家族に見られるのが嫌なんでしょうね。「努力」だと思っているからダメなので、〝裏でコソコソ頑張る〟という状況の新しい言葉を作りましょう。何が良いかな…。〝裏でコソコソ〟だから「裏《うら》コソ力《りょく》」なんてどうですか？　響きがちょっと恥ずかしいですよね（笑）。**「裏コソ力」なんて恥ずかしい名前の言葉を使うよりは「努力」を使った方がカッコいいと思いませんか？**

天衣無縫
格言

『裏コソ力』を身に付けろ!!

30 人の顔と名前を覚えるのが苦手です…

おかき（18〜22歳）

人の顔と名前を覚えるのが本当に苦手です…！　何回か会わないと全く覚えられません。どうしたらいいでしょうか？

許斐先生からの回答

実は私もそうなんですよ（笑）。私も、打ち合わせやパーティなど、大勢の方に挨拶する機会が多くて、初対面じゃないのに、初対面のように接してしまって「さっき話しましたよね（笑）」と言われたことがあります（笑）。私の場合は、その人の名前やビジュアルを物に例えて一致させると覚えやすいですね。例えば「カキザキさん」だったら、頭の上に柿が乗ったビジュアルを想像したり。すると「**あ、柿の人だ**」と記憶に残ります。ぜひ試してみてください。

天衣無縫
格言

覚えやすい顔や名前など無い!!

我が聖ルドルフ学院の戦力は…

観月《みづき》はじめ【聖《せい》ルドルフ学院《がくいん》】

んふっ。我が聖ルドルフ学院は元々生え抜きの低脳な赤澤《あかざわ》としきたれものの金田《かねだ》の二人をはじめとする弱小チームだったのを、頭脳明晰なこの僕が全国から精鋭部隊を集め全国でも戦えるチームを作ったのですが、どいつもこいつも僕の言うことを聞かず勝手な行動をしたばかりか、一人はスマッシュを顎に受け「星が見えるだ〜ね」などと言いながら気絶する有り様。さらに別の部員は弱点を狙うのは当然の作戦なのに、あろうことか敵に情けをかけ負傷した左目を狙わず真正面からぶつかるだとか言って勝つならともかく負けてしまう体たらく。僕の言う通りに動いていれば勝てたものを、寄せ集め集団が勝手なことをしたせいで都大会敗退というあの日の屈辱を僕は忘れない…！　あぁ、忘れてなるものか！

　そもそも、全国一位になった青学《せいがく》に対して、寄せ集めチームがあれだけ苦しめたのだから、我々聖ルドルフも実質全国一位と言っても良いと思いませんか？

　青学に当たらなければきっと我々が全国一位になっていたはずです。

そうは思いませんか？
んふっ、んふふふふふ。
で、誰でしたっけあなた？
人生相談？　この僕に？
良いでしょう、この僕の頭脳を貸して差し上げましょう♪

回答

……（その理論なら全国二位が良い所だよね（笑））

天衣無縫
格言

自己解決も人生相談

31 初めての一人暮らしを始めました

詩七（22〜25歳）

最近新しい仕事について初めての一人暮らしを始めました。仕事もなかなか慣れず一人暮らしもいっぱいいっぱいで趣味に費やす時間もあまりありません。せめて心くらいは余裕を持ちたいのですが、どういう心構えを持ったら良いですか？

許斐先生からの回答

人生の中には、そういう時が必ずあります。だから、プライベートだ、趣味だ、と無理矢理今の生活スタイルの中に詰め込もうとして鬱々となるのではなく、**今は仕事に没頭する期間なんだ、と思ってはどうでしょうか。**仕事も、目一杯集中できればだんだん慣れてきますよね。不慣れな一人暮らしも日数が経てば少しずつ要領が良くなっていきます。そうすれば、趣味に費やす時間が自然と確保できます。もう少し時間が経てばクリアできることばかりなので、焦らないでゆっくり気長にいきましょう。きっと大丈夫です!!

天衣無縫
格言

一つの事からまずはやり抜こう!

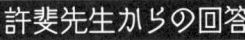

32 将来、漫画家になりたいと思っています

ひなた（15〜18歳）

私は将来、漫画家になりたいと思っています。ですが、なかなか絵が上手くなりません。年齢的にも焦りが生まれだしています。そこで質問させていただきたいのですが、許斐先生は漫画家になるためにどのような努力をしてきましたか？　また、どのくらいの年齢の時に漫画家になろうと思ったか、漫画家になれた時にどのようなことを思ったか、などを伺えたら嬉しいです。

許斐先生からの回答

ひなたさんは、絵が上達しないのが悩みということですが、実は私も絵が下手だったんです。ただ、絵が上手じゃなくても漫画家になれる人はたくさんいます。**漫画の面白さや魅力は、絵だけではないですから。**現に、魅力的なキャラクター作り、緻密なストーリー作りに才能を発揮する人もいますしね。それに、連載してしまえば強制的に漫画を描かなければならない日々が続きます。そうすると自然と絵は上達していきます。だから絵の上手下手よりも、何を描いたら面白いのか、どのように描いたら読者が喜ぶのか、そういった内容面の向上を目指して頑張ってください。

ちなみに私が本気で漫画家になろうと思ったのは大学3年生くらいの時です。小さい頃から絵を描くのは好きだったので、それこそ小学校・中学校の卒業文集でも将来の夢は「漫画家」でした。でも当時描いていたのは、動物や昆虫、建物、風景とか〝写実的な絵〟ばかりで、簡略化された〝漫画の絵〟じゃなかったんですよね。でもこの経験が下地となって活きているのか、どんどん上達していきましたね。だから、それでも「絵がもっと上手くなりたいんです」って思うなら、デッサンの勉強をすると上達すると思いますよ。デッサンを学ぶことで、人間の骨格が分かったり、筋肉のつき方・動き方が分かったりしますからね。あと、世の中にはお手本になる漫画家がたくさんいますので、それらの人の作品を模写したり、参考にして描いたりすると、色々な発見が生まれてす

ぐに上達すると思います。ひなたさんはまだ若いですし、焦る必要はないです。これからたくさん成長していけると思いますよ。

最後に「漫画家になった時にどのようなことを思ったか」ですが、この先もずっと漫画家として続けられるのかという不安な気持ちでしたね。こんなことを言うと怒られてしまうかもしれませんが、デビュー当時は、25年間も漫画家をしているなんて想像すらしていなかったです。**10年後には違う職業に就いていると本気で思っていましたね。**でも、自分は生粋の漫画家だなって今は思いますけど（笑）。

天衣無縫 格言

自分にしかない武器を磨こう

33 友達を作るにはどうしたら…

えーちゃん（15〜18歳）

専門学校に合格しました。小さい頃からの夢のパティシエに近づけると思うととても嬉しいのですが、私はとても人見知りです…。そのため友人が少ないです。春からは新しい環境が待っています。環境に慣れ、友達を作るにはどうしたら良いと思いますか？

許斐先生からの回答

「マグナムからのフラワー」さんの質問の時に回答しましたが、全員と話すことです。とはいえ、同じ答えではつまらないですよね。

初心を思い出しましょう。えーちゃんさんは、専門学校へ何をしに行くのでしょう。パティシエになるために学校に通うわけですよね。周りの人たち、つまり同級生はみんなライバルなわけです。友達になって学生生活をエンジョイするのも大事ですが、周りよりも早くパティシエになることを考えましょう。そうやって、がむしゃらに頑張っていれば、えーちゃんさんの**切磋琢磨している姿が周りの人を引き付け、自然と一目置かれる存在になります**。そうすれば、自然と友人もできるはずです。まずは、学業に専念してみてはいかがでしょうか。

天衣無縫
格言

友達と夢を天秤に掛けよう！

34 料理を始めようと思うのですが…

ゆしん（18〜22歳）

学生です。将来一人で生活していくために料理を始めようかなと思うのですが、料理初心者でも簡単に出来て美味しい!!　といったレシピを教えて下されば嬉しいです！

許斐先生からの回答

簡単で美味しい、そして初心者でも安心して作れる料理、「豚の生姜焼き」！　一人暮らしをしていた学生時代、私もよく作っていました。

で、レシピが必要なんですよね。レシピは、**豚肉：300グラム、生姜：適量、にんにく：適量、しょうゆ：適量**、以上（笑）！

豚肉にこのタレをかけて混ぜるだけ。この場合は、みりんは使わずに焼いてください。

もし、お肉を柔らかくしたかったら、下ごしらえの段階で、パイナップルの汁を少し入れると、お肉が柔らかくなり、隠し味として美味しくなります。

それを焼くだけで、男性も虜にできる料理ですよ（笑）。

天衣無縫
格言

勉強も一人暮らしもりょうりつせよ!!

冷蔵庫のジュースを飲んでしまいました…

越前《えちぜん》リョーマ【青春学園《せいしゅんがくえん》】

合宿所の冷蔵庫に入っていた、デューク先輩がヨーロッパから取り寄せているらしい美味そうなジュースを勝手に飲んでしまいました。飲んでから、やべぇ～と思ってバレないように水を足したんスけど、悪いことしたなって気になってるっス。大丈夫かな…。

許斐先生からの回答

ははーん…
(犯人はキミだったんだね♪)
それって炭酸でしょ?
絶対にバレてるから、正直に謝らないと『バルク』されるよ(笑)!

天衣無縫
格言

炭酸じゃなければ意外とバレない

35 女優になる夢を諦めきれず…

あおちゃん（18〜22歳）

現在、大学4年生で就職先も決まっているのですが、女優になる夢を諦めきれず働きながら女優を目指したいと思っています。しかし、母に反対されており、学費や就職活動で必要なお金も親に出してもらったのであまり強く意見が言えません。それでもやっぱり女優になりたいです。どのように説得すればいいでしょうか？

許斐先生からの回答

ぜひ目指すべきです。

私の経験を話すと、当然、大学生の時には、周りの友人たちと同様に就職活動をしましたが、心の中では漫画業界、もしくはミュージカル業界に行きたい・携わりたいという気持ちがずっとありました。そんな気持ちだから、就職活動中も、「何か違うな」という引っかかりがあって。大学生の時に編集部に漫画の持ち込みをして、良い評価をもらって2週間でデビューが決まり、大学卒業あたりで桐山光侍《きりやまこうじ》先生のところでアシスタントをさせてもらい、この世界に飛び込みました。

でも親からは「ちゃんとした会社に就職しろ」とか「好きなことをやって稼ぐのは一番理想的かもしれないけど、半面、普通の幸せを捨てることになる」などと言われていました。夢である「漫画家になる」とは言えず、騙すわけじゃないですが、デザイン会社に就職したと言い、集英社《しゅうえいしゃ》などでもカットの仕事をしている、ということにして。絶対漫画家になる、と思って頑張っていたので、あおちゃんさんの気持ちはすごく分かります。

夢って届かないものだと思いがちですが、意外と近いんですよ。夢の実現に向かって尽力《じんりょく》していたら、自分が想像しているよりも早く手が届き始める。そして届き始めると、あっという間に夢が現実のものになる。その夢に対して、自分がどのあたりにいるのか、どう駆け上がっていけば良いのかも分かってくる。届かない夢だと思って自ら夢を遠ざ

けて諦めちゃう人がすごく多いと感じます。

でも**夢って届かないことはない！**　と私は思います。夢に向かって信念を持って挑戦し続けることは大事だし、その姿はどこかの誰かが必ず見てくれています。だから諦めず頑張ってほしい。働きながらでも目指したいと思っているならぜひやるべきです！　応援します！

親への説得はしなくて大丈夫。働きながらオーディション等に挑戦して、良い結果を報告すれば親は絶対に納得してくれます。私はプロになって漫画作品が雑誌に掲載されたら親に報告しようと思っていました。しかも母親ではなく、厳格で普段は相談をしたことがない父親の方に。電話で報告した時「母親には言っていないんだけど、子供向けの雑誌で連載デビューが決まった」って言ったら、普通の会社への就職を希望していた父親も、ものすごく応援してくれました。**行動と結果で示せば、親は絶対に納得してくれますよ。**

天衣無縫
格言

自ら夢を遠ざけていませんか

第5章

その他のお悩み

36 動物とうまく触れ合うコツは？

たけし（22〜25歳）

私は動物が大好きなのですが、いざ触れ合おうと思っても吠えられたり噛まれたりとうまくいきません…。動物とスキンシップする際のコツなどはありますか？

また許斐先生はどんな動物がお好きか教えてください。

許斐先生からの回答

グイグイ触れに行くと動物も怖がるので、動物側から来るのを待つぐらいのスタンスがいいと思いますよ。正面から近付くと、犬や猫のような小さい動物にとって人間は大きい生き物なので、「巨人が近付いて来た！」って動物は思うでしょう。それは**クマやゴリラに近付いて来られたら人間でも同じですよね（笑）**。少しずつ近付いていって、逃げる態勢をとったらそれ以上近付かない。そうすると、結構撫でさせてくれますね。

私は猫を2匹飼っていますが、そのうちの1匹のたまごちゃんは、玄関を開ける「カチャ」というかすかな音でも必ずニャーニャー言いながら出迎えに来てくれます。**「ニャ〜〜」が特に長い**。詩吟《しぎん》みたい。「吟じてるんかい！」と思うくらい。それからずっと傍についてきて、それが可愛いなと愛《め》でる気持ちを出していると、動物側も敏感に感じとってくれますよ。でも実は一番好きな動物は鳥です。ペンギンやフクロウの**フワフワ〜とした感じ**や目がクリクリしているところ、動き方まで、鳥の全部が可愛いですね。

天衣無縫
格言

「ニャ〜〜」が特に長い！

Parlons un peu d’amour.

L《レオポルド》・カミュ・ド・シャルパンティエ

Bonjour,

Parlons un peu d’amour.

Aimer le tennis, être aimé par le tennis...

Depuis quelque temps, j’ai l’impression que certaines personnes ne veulent que d’elles-mêmes, et ne souhaitent pas être aimées par d’autres, quel dommage. Pour moi, il est normal, si l’on veut être aimé, de se dévouer corps et âme aux autres, quelque soit la relation, que ce soit soi-même ou avec un étranger, en entreprise avec ses supérieurs, ou avec l’être aimé. Qu’en pensez-vous ?

許斐先生からの回答

C'est une vision très claire et posée qui ne nous fait pas penser que vous êtes seulement lycéen, Camus.
Je pense exactement la même chose.
« On ne me traite pas correctement, on ne me reconnaît pas à ma juste valeur », etc... En se lamentant et en remettant toujours la faute sur les autres, notre bonne étoile finit par s'en aller...
Continuez cette révolution qui consiste à changer en force votre amour pour le tennis.
Je suis avec vous.

天衣無縫
格言

Si vous voulez être aimé, vous devez aimer cent fois plus.

37 何か食べていないと落ち着かないです…

最近太り気味(25〜30歳)

仕事の合間に、お菓子等、何か食べていないと落ち着かないです。この衝動を抑えるにはどうしたら良いですか?

許斐先生からの回答

食べたらいいと思いますよ。

衝動を抑えるのは、それだけでストレスになってしまいます。どうしてもお菓子を食べたい衝動にかられたら、**チョコをちょこっと食べればいいと思います（笑）**。もちろんTPOはわきまえてくださいね。そして、もし体重や体型が気になるようであれば、以前オススメしたサーキットトレーニングをすればいいのではないでしょうか。

天衣無縫
格言

チョコをちょこっと食べてサーキット

FERNANDES

38 これまでのプレースタイルが…

青（あお）（35〜40歳）

私は高校生でテニスを始め、今でもずっとやっています。テニプリ連載前からですので、20年近くなります。いい加減年を取ってきて、これまでのプレースタイルを続けることが難しくなってきたので、現在いろいろ取り組み中です。元々、ポイントを決めきれるショットが苦手なのですが、長時間の試合には体力的についていけなくなってきたので、どうにか克服したいところです。苦手な理由が、チャンスボールを打たせることまでは組み立てられるのですが、その決め球をミスってしまうことなのです。チャンスに動じず、落ち着いてポイントを得るにはどのような心掛けをしていったら良いのでしょうか？

許斐先生からの回答

私はテニスのインストラクターの経験もあるんですよ。思い出すなぁ、インストラクター時代のこと…（笑）。

回答に戻りますね。一般の人のテニスの試合はどれだけミスをしないか、なんです。ミスをしないでゲームを組み立て、相手がミスするのを待つ。だからチャンスボールもチャンスボールだと思わず、ずっと相手に返して繋げていけばいいんじゃないでしょうか。決めよう決めようと思うから焦るので、常に相手が打ち返してくると思って繋いでいく。それで相手がミスするのを待つ！

…これだと普通すぎるか（笑）。相談内容を読むと、20年が経って、今までのプレースタイルが難しくなった…、つまり、体力がないことを自覚しているがゆえに、時間をかけないように焦って自らにプレッシャーをかけてしまっているようですね。そんな青さんには、私が**一撃必殺のCOOLサーブを伝授しますよ！**

天衣無縫
格言

必殺サーブに全てをかけろ！

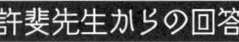

生まれ変わりの本を読んだんですけど…

白石《しらいし》蔵《くら》ノ《の》介《すけ》【四《し》天《てん》宝《ほう》寺《じ》】

生まれ変わりの本を読んだんですけど、その本によると命あるもの、肉体が無くなっても精神や魂は残り、また新たな形として生まれ変わると言うのですが…。
例えばこれは昆虫などでもあり得る現象なんでしょうか？
最近、色黒で俺を蔵ノ介（ノスケ）呼びする先輩が身近にいて、俺をいつも見守ってくれている気がして。

許斐先生からの回答

不思議な現象ですね。

でも私は気のせいだと思いますし、そうあって欲しいですね（汗）。

でないと虫一匹一匹全て生まれ変わられたら、私なんか復讐心に燃えた蚊の生まれ変わりの人々から常に狙われる日々になってしまいます。

冗談はさておき、いつも見守ってくれる先輩なんてなかなかいないので、甘え過ぎる事なく期待に応えられるよう日々努力を忘れずに良い関係を続けて下さい。

天衣無縫
格言

蚊は意志を持って刺しに来るぞ!!

39 麺類が大好きなのですが…

まちあ（22〜25歳）

私はラーメンが一番好きな料理で、その他麺類も大好きなんですが、食べるときにほぼ絶対に汁を跳《は》ねさせてしまいます。なので、初めて会う方や緊張せざるをえない場では好きな麺類を食べることができません。綺麗な方で汁を跳ねさせるところなんて見たことがないです。どうやったら跳ねさせずに美味しくいただくことができますか？

許斐先生からの回答

思い出すなぁ、コックをやっていた時代を…（笑）。可愛くて切実な悩みですね。でも、人前での食べ方・行儀に気を遣っているのは素晴らしいことだと思いますよ。**レンゲを使ってみたらどうですか。**…身も蓋もないですね。以前、カレーうどんの汁を飛ばさないで食べるという番組でやっていたのですが、丼から複数の麺が絡まないように真上に麺を出して、一気にすすると跳ねないようなので、この食べ方はどうですか？ …でも、これは緊張している時には難しいかな（笑）？ 食べないという選択肢はないようだから、緊張する場が終わった後に、楽しめるようになってから食べればいいんじゃないかな。あとはギャップを狙う。緊張する場なら、多分、相手も緊張しているのではないでしょうか？ そうした場で汁を飛ばしながらでも美味しそうに食べていれば、場も和むし好印象を与えることもできるのでは。案外、可愛らしく映るかもしれません。どこかの名産品で、一本うどんという太くて長ーいうどんがあるそうです。それで私と一緒に特訓しましょう。

天衣無縫
格言

美味い麺には棘《とげ》がある

40 「スキャナー」と発音できません…

萩原シグレ（18〜22歳）

私は十数年悩みに悩んで困っていることがあります。それはスキャナーをちゃんと発音できないことです。もともと滑舌が悪くて、よく周りからも「なんて？」と聞き返されるのでその度に言い直すのですが、どうしても「スキャナー」だけは「スキャニャー」又は「スカナー」と言ってしまいます。どうしたら滑舌がよくなるでしょうか？

許斐先生からの回答

面白い相談内容ですね（笑）。良い方法を思いつきました！「ドン・キホーテ」「ア・ラ・カルト」のように、区切りを入れると言い易くなりますよ。「**ス・キャナー**」でいきましょう。さあ、ご一緒に「**ス**・キャナー」（笑）！

天衣無縫
格言

ス・キャナー!!
ス・キャナー!!

41 目薬をさす時どうしても…

ぽっぽ（18〜22歳）

目薬をさす時どうしても目を閉じてしまい、目薬を上手くさせないことが悩みです。

許斐先生からの回答

私も同じような悩みを持っています。目薬をさす時、どうしても「うわ、来る」って思っちゃって目を閉じてしまう。でもグイっと瞼《まぶた》をこじ開ければ目を閉じていても目薬は入ってきます。ぽたぽたって垂らしても、**こじ開けた瞼の隙間からちょっとずつちょっとずつ**。だから、こじ開けましょう（笑）！

天衣無縫格言

自分の手でこじ開けろ！

スマホの電池が無くなるたびに…

跡部《あとべ》景吾《けいご》【氷帝学園《ひょうていがくえん》】

スマホの電池が無くなるたびに、新しいスマホを購入して使っていたんですが…。先日宍戸《ししど》がやっていたスマホにコードを差して充電し、また使うという、セコいが面白いアイデアを目の当たりにしました!!

あ〜ん、エコじゃね〜の!

許斐先生からの回答

スマホは使い捨てする為にあるんじゃないよ！　と、言いたいところですが…。
今まで通りでオールＯＫ♪
跡部くんはそうでなきゃね☆
バレンタインのチョコレートもそうだけどこれからも日本の経済を回して行ってね！

天衣無縫格言

スマホも悩みも使い捨て

42 日常生活のふとした時に…

ババロア（18〜22歳）

とある人物の影響で、日常生活のふとした時に、駄洒落《ダジャレ》を考えてしまうようになってしまいました。その考えた駄洒落を披露《ひろう》しても拾う人がいないので辛いです。この溜まりに溜まった駄洒落をどこで披露すれば良いでしょうか？

許斐先生からの回答

奇遇ですね。**私の作品の中にもそういう人がいるんですよ（笑）**。

ババロアさんのダジャレは、普段の会話の中で披露してスルーされているのかな。それとも、ぼそっと小声で言ってしまっているので、相手に聞き取られていないのかな？　分かりました。溜まりに溜まったその秀逸なダジャレの数々を私のツイッターに送ってみてください。きっと優しいフォロワーさんたちが拾ってくれますよ。

それと、内緒ですがダ○デのダジャレにも使わせてもらいますね（笑）。

天衣無縫
格言

滑るなキケン!!

43 極度の方向音痴で…

めいらん（18〜22歳）

私は極度の方向音痴で、自分の地元ですら迷子になることもあります。人に道を聞かれる事が多々あるのですが、いつも役に立てず申し訳ない気持ちでいっぱいになります。そこで先生のアドバイスを聞きたいのですが、道を聞かれて上手く答えられそうにない時の断り方などはあるでしょうか？

天衣無縫
格言

ゆっくりしてたら捕まるゾ

許斐先生からの回答

ありのまま、「すみません。私方向音痴なので、お教えしたいのは山々なのですがお役に立てず申し訳ないです」と正直に言えば良いと思いますよ（笑）。

もしかしたら、めいらんさんは断るのが苦手なのかもしれませんね。そうであれば、この方法はいかがですか？ ゆっくり歩いていると声を掛けられやすいので、**歩くスピードを少し速めるんです。誰もが追いつけない速さで。**そうすれば声は掛けられませんよ（断言）。

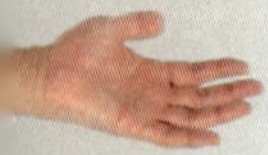

44 オチをつけて話すことができません

れち(18〜22歳)

友達などと話している時に、うまくオチをつけて話すことができません。どうしたらうまいオチのついた話ができますか?

許斐先生からの回答

まず、前置きを言わせてください。私は噺家《はなしか》さんのような〝しゃべりのプロ〟ではないので、そこはご理解してくださいね（笑）。

私が気をつけているのは、**話す時に何が言いたいのかをちゃんと決める**。そして、話すことの一番面白い部分を活かすように話の流れを展開していくことです。ある意味、それは漫画のストーリー作りに似ているのかもしれませんね。まず最初に相手、漫画で言うところの読者を〝引き付けて〟から、オチに向けて、漫画で言えば最も面白いコマへ向けて、最高の演出を施《ほどこ》して輝かせる。そういう起承転結を考えて話していけば、自然とオチに繋がるのではないでしょうか。最悪、オチがなくても最初の〝引き付け〟ができていれば、話は面白くなりますよ。

とは言え、れちさんのこの相談に対して、オチをつけて回答できていないかもしれませんけどね（笑）。

天衣無縫
格言

ストーリー作りに妥協は禁物!!

意外な想いを知り…

仁王雅治《におうまさはる》【立海大附属《りつかいだいふぞく》】

最近日本代表のホテルや練習場で、デューク渡邊《わたなべ》にイリュージョンして、平等院《びょうどういん》やGenius 10の弱味を探りに行きまくってるぜよ♪

…だが、意外な高校生代表の団結力や平等院の日本代表に懸ける想いや選手一人一人を労る優しさを知り、何か悪いことしている気がして来てのぅ。

今回懺悔に来てみたじゃき♪

そう言えばさっきもデューク渡邊で歩いてたら、越前《えちぜん》リョーマが物凄く丁寧に何か謝って来たぜよ。ジュースがどうとか言っとったんじゃが…気持ち悪いのう。

許斐先生からの回答

相変わらずだね（笑）。
高校生にバレる前に止めた方が良いよ。
鬼や海賊や阿修羅に追われる前にね♪
それよりも同じ学校の副部長に知れたら大変だからイリュージョンの悪戯は程々に!!
ふふっ、リョーマは…。
また謝りに行く事になっちゃったね（笑）。

天衣無縫格言

壁に耳あり　byしょうじメアリー

JUMP j BOOKS

■初出
JUMP j BOOKS 公式ホームページ

許斐剛の天衣無縫の人生相談
〜人生って楽しいじゃん〜

2018年6月9日　第1刷発行

著　者
許斐剛
装　丁
並木久美子（バナナグローブスタジオ）
佐藤真琴（株式会社鷗来堂 組版装幀室）
編集協力
ウェッジホールディングス
撮　影
菊地寛子
ヘアメイク
ヤマダリナ／Miwa
編 集 人
島田久央
発 行 者
鈴木晴彦
発 行 所
株式会社 集英社
〒101-8050 東京都千代田区一ツ橋2-5-10
TEL［編集部］03-3230-6297
［読者係］03-3230-6080
［販売部］03-3230-6393（書店専用）
印 刷 所
凸版印刷株式会社

ホームページ http://j-books.shueisha.co.jp/

Printed in Japan　ISBN 978-4-08-703448-6 C0093